Berend

en de aanslag op de hertog

Eerder verscheen:
Een valk voor Berend

Martine Letterie schreef ook:
Ver van huis
Focke en het geheim van Magnus
(kijk ook op www.focke.nl)

en samen met Rick de Haas maakte ze het prentenboek:
Ridder in één slag

Martine Letterie

Berend

en de aanslag op de hertog

met tekeningen van Rick de Haas

LEOPOLD / AMSTERDAM

STICHTING NEDERLANDSE
KINDERJURY
2003

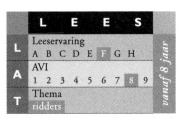

Toegekend door KPC Groep te 's-Hertogenbosch.

Copyright © Martine Letterie 2002

Omslagtekening en illustraties Rick de Haas

Omslagtypografie Marjo Starink

NUR 282 / ISBN 90 258 3722 0

Inhoud

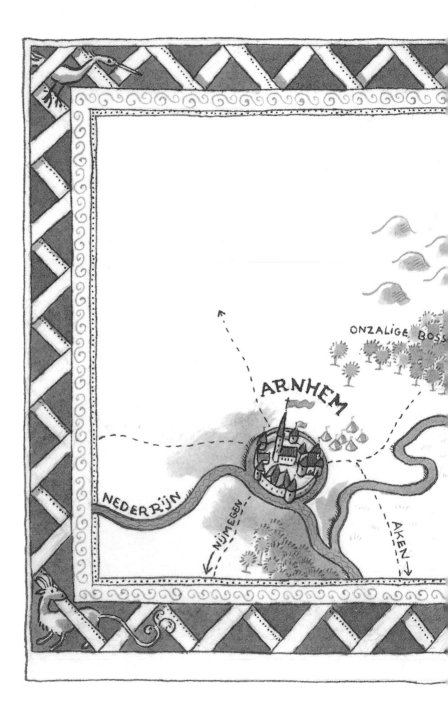

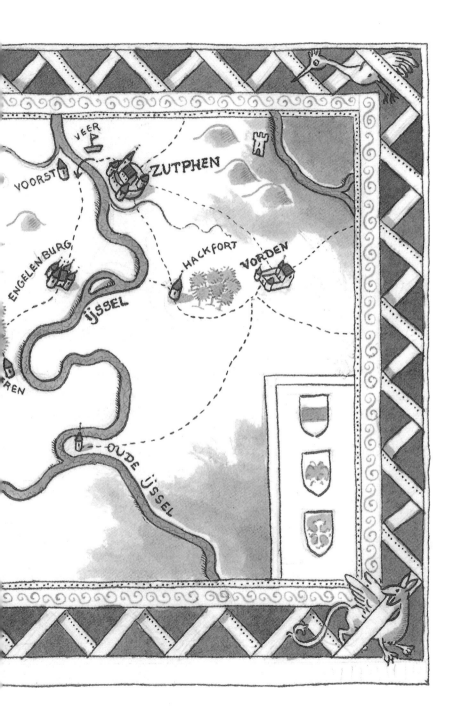

De nieuwe hertog

Het is laat en vader is nog steeds niet terug. Het is stil in huize Vorden. De bediendes hebben allang hun strozakken opgezocht. Zelfs de kleine Elizabeth is opgehouden met huilen en in slaap gevallen. Berend is blij dat hij geen baby meer is. Dat huilen lijkt hem behoorlijk vermoeiend.

Alleen moeder zit nog in de grote zaal beneden. Berend weet dat ze in de brede vensterbank voor het raam zit, ook al ligt hij zelf boven in bed. Moeder zal net als hij de warme zomeravondlucht ruiken. De varkensblazen voor de ramen houden die immers niet tegen. Berend krijgt er een blij gevoel van. Net als van al die andere dingen die met de zomer te maken hebben. De muggen die boven de slotgracht dansen; het kwaken van de kikkers in de poelen; af en toe de roep van een uil en de geur van het verse stro uit zijn strozak.

Maar of moeder dat blijde gevoel ook heeft...? Berend is bang van niet. De grote mensen maken zich zorgen. Dat heeft te maken met de oorlog, die nu al een paar jaar duurt. Berend houdt ook niet van oorlog. Vader moet steeds uit vechten. Hem gebeurt natuurlijk niets, want vader is groot en sterk. Maar toch is Berend elke keer bezorgd als vader vertrekt.

Nu is vader niet aan het vechten, maar aan het praten over de oorlog met de andere ridders van het graafschap

Zutphen. Berend hoopt dat ze eindelijk vrede willen sluiten. Hij mocht van moeder niet opblijven om op vader te wachten. Maar hij is lekker toch wakker gebleven. Hij wil horen wat vader bij de heer van Bronckhorst besproken heeft.

De heer van Bronckhorst is een machtig man en Berends grote broer Hendrik is zijn schildknaap. Diep in zijn hart is Berend daar jaloers op. Zo'n mooie plaats als schildknaap krijgt hij vast nooit.

Hendrik is al twaalf. Berend moet eerst nog een paar jaar page zijn, voordat hij schildknaap kan worden. Hij wil vader laten zien dat hij net zo'n goede schildknaap zal zijn als zijn grote broer!

Dan klinkt het geluid van paardenhoeven door de stille nacht. De stem van vader die een stalknecht roept. Sporen rinkelen en er blaft een hond. Berend kijkt naast zich. Daar ligt zijn zusje Mechteld te slapen. Ze draait zich om en maakt een smakkend geluid. Die merkt niets van vaders thuiskomst.

Zachtjes laat Berend zich van het bed glijden. Zonder een geluid te maken gaat hij naar beneden. Daar verstopt hij zich onder de trap. Eerst wacht hij tot vader bij moeder zit, en dan zal hij erbij gaan zitten. Wedden dat vader hem dan niet naar boven stuurt!

Het lijkt of hij nog uren in zijn eentje onder de trap zit, maar dan komt vader eindelijk binnen. Met grote stappen beent hij de zaal in, waar moeder zit. Berend telt in zichzelf tot tien, en gaat er dan achteraan. Hij duwt de zware deur naar de zaal open.

Vader staat bij moeder bij de vensterbank. Zijn hand ligt op haar schouder. Tegenover moeder staat een kandelaar met brandende kaarsen. Om de vlammetjes danst een mot. Verder is het helemaal donker in de zaal.

Als Berend de deur weer dicht wil doen, kraakt die. Vader en moeder kijken tegelijkertijd in zijn richting.

'Berend!' Moeders stem klinkt zacht verwijtend. 'Jij moest allang slapen.'

Berend blijft schuldbewust midden in de zaal staan. Dan ziet hij vaders gezicht. Hij kijkt niet boos, maar een beetje trots omdat hij zijn zoon ziet binnenkomen. Berend waagt het nu om verder te lopen.

'Ik kon niet slapen. Ik wilde zo graag weten, of vader vrede heeft gesloten.'

'We vergeten te vaak dat Berend groot wordt,' zegt vader. 'Hendrik was op zijn leeftijd al page. Het wordt tijd, dat we voor Berend ook een goede plaats gaan zoeken.'

Berends hart springt op. Dit wil hij al zo lang! Hij was bang, dat vader hem vergeten was.

'Natuurlijk wil jij graag weten hoe de besprekingen zijn gegaan. Kom bij je moeder zitten, dan zal ik het jullie vertellen.'

Berend schuift naast moeder op de vensterbank. Ze trekt hem even tegen zich aan. Vader zet de kandelaar opzij en gaat tegenover hen zitten. Buiten kwaakt een kikker in de slotgracht.

'Je weet waar de oorlog over gaat, Berend?' vraagt vader.

Berend knikt. 'Ja, over wie er de baas van Gelre moet worden. Eerst hadden we hertog Adolf, maar die is nu

dood. Zijn zus Catharina is een soort reservebaas, totdat zijn zoon Karel groot genoeg is.'

Moeder glimlacht. 'Ja, Catharina is voogdes. Zo heet dat.'

Berend gaat verder. 'Maximiliaan van Oostenrijk wil ook de baas van Gelre worden. En hij voert daarover steeds oorlog met Catharina. Jij en de andere ridders van het graafschap zijn voor Catharina. Maar de keizer is voor Maximiliaan, want dat is zijn zoon.'

'Heel goed!' Vader geeft Berend een klopje op zijn schouder. 'Je hebt het prima begrepen.'

'Eén ding snap ik nog niet,' zegt Berend. 'Maximiliaan kan toch niet zomaar bedenken dat hij ook hertog wil worden?'

'Daar heb je gelijk in, maar hij zegt het ook niet zomaar. Hij is getrouwd met Maria van Bourgondië. Haar vader was ook een tijdje hertog van Gelre, toen hij te hulp werd geroepen bij een familieruzie tussen Adolf en zijn vader. Die vader van Maria is ook dood, en Maria is zijn opvolgster. Omdat een vrouw geen hertog kan worden, regelt Maximiliaan haar zaken. Hij wil hertog worden namens haar.

Er zijn er dus eigenlijk twee die het recht hebben om hertog te worden: Maximiliaan en de jonge Karel.

Wij hadden liever de jonge Karel, omdat de hertogen al heel lang uit zijn familie komen. Maximiliaan komt uit een ander land. Wij waren bang dat hij dat andere land belangrijker zou vinden dan óns land. Maar dat is toch niet zo, want hij vecht wel heel hard om Gelre te krijgen.'

Berend knikt: die Maximiliaan doet inderdaad erg zijn best!

'Vandaag hebben we met de ridders van het graafschap overlegd. We willen geen oorlog meer met de troepen van Maximiliaan. Hij is sterker en we hebben geen zin meer om te vechten. We willen graag vrede sluiten. Catharina is het met ons eens. Zij vindt het ook niet makkelijk om op deze manier voogdes te zijn.

We hebben met zijn allen een brief aan Maximiliaan geschreven, dat we vrede willen sluiten. We hopen dat we dan eindelijk rust in het land krijgen.'

'Geweldig!' Moeder staat op en geeft vader een kus. 'Ik haal een kruik wijn! Vrede, dat moeten we vieren.'

'Haal in ieder geval die kruik wijn,' zegt vader. 'Maar het is nog geen vrede, totdat Maximiliaan dat ook wil en hij een vredesverdrag heeft opgesteld met Catharina. Het kan zijn dat hij ons eerst nog een lesje wil leren omdat we zolang tegen hem waren. En dat hij daarom eerst nog flink door wil vechten. Of dat hij van ons een heleboel belasting gaat vragen, voor hij vrede wil sluiten. De oorlog is pas echt voorbij, als de vrede getekend is.'

De koerier

Gelukkig is oorlog niet iets waar je elke dag mee te maken hebt. Alleen maar zo af en toe als je vader uit vechten
gaat. Na dat gesprek met vader en moeder 's avonds laat
heeft Berend er niets meer over gehoord. En dat is nu een
paar weken geleden. Die Maximiliaan vond het zeker een
goede brief van de ridders van het graafschap Zutphen
en hij was het er vast mee eens.

Berend heeft nu andere dingen om aan te denken. Het
is hoogzomer en dan is het op Hackfort en Vorden een
drukte van belang. Het is al een paar dagen stralend weer.
De boeren zijn druk aan het maaien geweest. Vandaag
wordt het hooi binnen gehaald. Berend gaat helpen bij
Dirk op 't Nijland.

Als de eerste stralen van de zon het raam van Berends
kamer bereiken, staat hij naast zijn bed. 'Kom op Mechteld, wakker worden! Vandaag gaan we het hooi binnenhalen!'

Berend heeft geen tijd om op zijn zusje te wachten. Hij
rent de trap af naar de keuken.

'Goeiemorgen, Annetje!'

'Goeiemorgen jongeheer!' Meteen zet ze een kom karnemelk voor zijn neus en ze legt er een groot stuk bruin
brood naast, besmeerd met verse boter.

'Heerlijk!' Berend propt het brood zo snel mogelijk in
zijn mond.

'Jongeheer, pas op, dadelijk stik je er nog in!' waarschuwt Annetje, maar ze lacht terwijl ze het zegt.

Berend veegt zijn mond af met zijn mouw en rent naar buiten. Met stappen zo groot als sprongen loopt hij over het voorplein. Bruin rent hem blaffend tegemoet. Hij is Berends eigen hond. Een jonge jachthond, helemaal bruin met een witte vlek om zijn linkeroog.

'Kom Bruin, naar de stallen!' Samen hollen ze verder.

Berend is niet de eerste die wakker is. Rond het kasteel is het een komen en gaan van knechten en meiden. Op de grote wei net buiten de muren wordt nog gemaaid. Hier zijn ze minder ver dan bij Dirk.

Bij de stal worden paarden voor de hooiwagens gespannen. Berend wriemelt zich door de drukte heen, naar zijn eigen pony Sterre. Hij drukt zijn neus in haar manen.

'We gaan Dirk helpen, Sterre!'

Berend kan Sterre zelf zadelen. Dat is maar goed ook, want de stalknechten hebben geen tijd voor hem. De meesten helpen bij het maaien en binnenhalen van het hooi. De anderen zijn bezig met het klaarmaken van de hooiwagens. Als Berend Sterre aan de hand langs hen voert, trekt één van hen de singel van Sterres zadel voor de zekerheid nog even stevig aan.

Berend zwaait in zijn zadel en de knecht geeft Sterre een klap op haar achterwerk. 'Werk ze, jongeheer!'

'Jij ook!' Berend steekt zijn hand op en draaft weg.

De zon komt steeds verder achter de horizon vandaan. Het wordt mooi weer vandaag, want aan de lucht is geen wolkje te zien. Berend snuift diep de geur van pas gemaaid gras op. De vogels zijn al net zo wakker als hij. Ze zingen en tsjilpen en boven hem duikelen de zwaluwen in de lucht. Wat is de zomer toch heerlijk!

Bij Dirks boerderij staat de hooiwagen buiten. Dirk komt net zelf uit de deel lopen met zijn paard. Het is een stevige boerenknol, die grote sjokkende passen neemt. De kippen van Dirk rennen verontwaardigd kakelend voor hem uit.

'Jongens, het hele erf is niet van jullie,' bromt Dirk tegen ze. Dan ziet hij Berend.

'Goeiemorgen, jongeheer! Al zo vroeg uit de veren? Zo mag ik het zien. Je wordt later vast een goed kasteelheer.'

Berend gloeit van trots. Hij denkt er niet vaak aan, maar later wordt hij de baas van Hackfort en zijn broer die van Vorden.

Daar zijn ook de kinderen van Dirk. Hun klompen klinken hard over het erf.

'Kijk jongeheer, we hebben een hoop werkvolk vandaag,' zegt Dirk.

De kinderen klimmen met hun hooiharken in de lege wagen. 'We zijn klaar om te gaan, vader,' roept de oudste.

'Mooi zo, jongen. Ik span het paard in en dan gaan we. Mee eens, jongeheer?' Dirk kijkt even vragend naar Berend.

Die knikt verlegen. Hij wordt pas later de baas, nu is hij het toch nog niet?

Even later vertrekken ze naar het eerste weiland. Twee knechten lopen naast de wagen, die Dirk ment. Jannetje, de vrouw van Dirk zwaait hen uit.

'Ik kom straks met brood en bier!' roept ze.

17

Op het weiland gaan ze meteen aan de slag.

De zon staat al vrij hoog. Hij heeft de dauw op het gemaaide gras gedroogd. Dirk heeft het gras de vorige dag nog gekeerd met zijn knechten. Het is niet groen meer, maar geel.

Dirk knikt.

'Het is goed zo. Harken jullie de boel maar bij elkaar,' zegt hij tegen zijn kinderen en Berend. Die gaan ijverig aan de slag. Als ze een opper klaar hebben, rijdt Dirk er met de wagen langs. Samen met de knechten laadt hij het hooi op de wagen, met grote vorken.

De kinderen werken keurig voor de mannen uit. Als de eerste wei klaar is, gaan ze door naar de volgende. Dirk en de knechten rijden ondertussen een keer terug om de wagen te legen.

Hoe later het wordt, hoe warmer. Het zweet druppelt Berend van zijn voorhoofd. Hij is dan ook blij als hij Jannetje ziet aankomen. Ze draagt een grote mand.

'Schaften!' roept ze uit de verte.

Met zijn allen lopen ze naar een grote kastanje in het midden van het veld. In de schaduw van de boom is het lekker koel. Berend laat zich tegen de boomstam zakken. Het hooi prikt aan alle kanten door zijn kleren. Het is overal gaan zitten. Een van de kinderen van Dirk loopt al de hele tijd te niezen.

Samen met haar oudste dochter deelt Jannetje kroezen koud licht bier uit. Er is ook brood met stukken spek. Berend merkt nu pas, dat hij enorme honger heeft.

'Je kunt goed werken, jongeheer,' zegt Dirk vol waardering.

Jannetje houdt Berend een kom met wilde aardbeien voor. 'Dan heb je dit zeker verdiend!' zegt ze.

'Mmm!' Berend wenkt Dirks kinderen. Met zijn allen smullen ze van het fruit.

Als het eten op is, loopt Berend naar Sterre. Die staat aan een touw onder de bomen. Bruin ligt naast haar te hijgen in de schaduw. Met de dieren loopt Berend naar de beek, waar ze kunnen drinken.

Net als ze weer aan het werk zullen gaan, komt er een ruiter langs. Hij staat stil bij de kastanjeboom, waar de werkers aanstalten maken.

'Ik moet naar de heer van Vorden,' vertelt de ruiter. 'Ik heb een boodschap voor hem van Maximiliaan, de hertog van Gelre. Hoe kan ik het beste bij het kasteel komen?'

'De heer van Vorden is mijn vader. Ik zal u bij hem brengen!' zegt Berend haastig. Hij hoopt dat hij bij het

overbrengen van de boodschap mag zijn. Zou het over de vrede gaan? Hij wacht het antwoord van de koerier niet af maar loopt meteen naar Sterre. Met één beweging legt hij het zadel op haar rug.

'We gaan naar huis, Sterre.'

Dan draait hij zijn hoofd naar Dirk. 'Ik kom terug als ik klaar ben, Dirk.'

Die lacht. 'Belangrijke zaken gaan voor, jongeheer.'

Berend zwaait en rijdt naast de ruiter in de richting van het kasteel.

De uitnodiging

Het is niet moeilijk om vader te vinden. Hij staat op het grote voorplein te overleggen met de rentmeester. Die regelt voor vader alles wat er op de boerderijen gebeurt. In de hooitijd en in de oogsttijd is hij dagelijks bij hem in de buurt te zien.

'Vader!' roept Berend. Hij rijdt Sterre tot voor vaders neus. 'Hier is een koerier met een boodschap van Maximiliaan, de hertog van Gelre.'

De koerier springt uit het zadel.

Vader glimlacht. 'Mooi zo, Berend. Breng jij zijn paard en Sterre naar de stal. Dan ga ik met de koerier naar de grote zaal. We zien je daar zo.'

Berend knikt ernstig, alsof het heel gewoon is dat hij bij zo'n gesprek mag zijn. Hij pakt Sterres teugels in één hand en die van het paard van de koerier in de andere hand. Zo loopt hij naar de stal. En als hij zeker weet dat niemand kijkt, maakt hij een klein huppelsprongetje. Vader laat nu echt merken dat hij ziet dat Berend groot is. Hopelijk blijft hij ook denken aan een plaats waar Berend page mag worden.

Gelukkig is er een stalknecht in de stal, Berend kan de paarden aan hem overlaten. Hij rent zo snel als hij kan terug naar het kasteel. Daar springt hij de treden op voor de grote deur. Bruin rent blaffend achter hem aan.

'Nee, Bruin, jij mag niet mee naar binnen. Bij zoiets belangrijks horen geen honden.'

Bruin jankt zacht, maar Berend gaat alleen de grote zaal in. Daar zit de koerier met vader aan tafel. Annetje brengt de mannen net iets te drinken. De koerier krijgt ook een stuk lekker vers brood. Op een schaal liggen een stuk worst, een stuk spek en een stuk kaas.

Moeder en Mechteld zitten in de vensterbank te borduren. De zon valt precies op hun werk. De koerier heeft hen zo te zien al gegroet. Als moeder Berend ziet, knikt ze naar het plekje in de vensterbank tegenover haar en Mechteld. Eerlijk gezegd is Berend een beetje teleurgesteld dat Mechteld er ook zit. Hij is immers ouder, en bovendien is Mechteld een meisje. Die zijn nou eenmaal niet overal bij.

Net als Berend zit, begint de koerier met zijn boodschap.

'Maximiliaan, hertog van Gelre is blij met het vredesvoorstel van de ridders van het graafschap. Hij is zeer verheugd dat het gesteund wordt door Catharina. Om zijn welwillendheid te tonen, nodigt hij de hele adel van Gelre uit voor zijn inhuldiging als hertog in Arnhem. Gedurende een week zal de hertog feesten geven om de vrede te vieren. Er zal een feest zijn ter ere van alle Gelderse dames, er zullen toernooien zijn en maskerades. U en uw hele familie zijn hierbij van harte uitgenodigd om hieraan deel te nemen.'

'O, moeder, het is ook voor de dames en voor de hele familie!' jubelt Mechteld. Ze springt op van de vensterbank.

'Ssst!' zegt moeder en ze drukt Mechteld met zachte hand terug op haar plek.

Vader praat net zo deftig tegen de koerier, als die tegen hem deed.

'Wij danken u voor de uitnodiging en we zullen daar graag gebruik van maken,' zegt hij.

Moeder heeft de koerier nog iets te vragen.

'Mogen we de hertogin van Gelre, Maria van Bourgondië, ook ontmoeten?'

'Onze hertogin verkeert in blijde verwachting en verblijft daarom thuis aan het hof in Brussel. Het zal namelijk niet lang meer duren,' antwoordt de koerier.

'Wat bedoelt-ie?' fluistert Mechteld.

Moeder legt het zachtjes uit: 'De hertogin krijgt bijna een baby en daarom is ze liever thuis in Brussel. Stel je voor dat de baby op reis geboren zou worden.'

Mechteld en Berend knikken. Ze kunnen zich goed voorstellen dat dat niet de bedoeling is.

'Ik zou u graag zelf ook nog iets vertellen,' zegt de koerier aarzelend. Hij kijkt naar de vensterbank. 'Maar of dat voor damesoren bestemd is...'

Vader wenkt Berend. Trots loopt die naar de tafel. De koerier buigt zich voorover en zegt met gedempte stem: 'Er gaan geruchten, dat troepen van Maximiliaan de Veluwe onveilig maken. Ze plunderen en overvallen reizigers, omdat hun soldij nog niet uitbetaald is. Het lijkt me daarom verstandig, dat u niet ongewapend op reis gaat. Misschien kunt u wat soldaten meenemen, om uw familie te beschermen. U heeft dit niet van mij gehoord.'

De koerier gaat weer recht zitten.

Van die laatste opmerking snapt Berend niets. Natuurlijk hebben ze het wel van de koerier gehoord!

Vader snapt het blijkbaar wel, want hij zegt: 'Ik begrijp dat u ons dit niet gezegd heeft. U wilt uw eigen heer niet

afvallen. Maar ik dank u voor de waarschuwing.'

De koerier staat op en buigt diep voor moeder en Mechteld.

'Ik hoop dat u me wilt excuseren. Ik wil vandaag de heer van Ruurlo en zijn familie nog uitnodigen.'

Vader knikt naar Berend. 'Haal jij het paard van de koerier uit de stal, Berend?' Zelf wendt hij zich naar de man om afscheid van hem te nemen.

Als Berend weer terugkomt in de zaal, zijn vader en moeder druk aan het bespreken hoe ze zullen reizen. Mechteld zit nog steeds in de vensterbank, maar het stilzitten kost haar duidelijk moeite. Ongedurig schuift ze heen en weer. Borduren doet ze al helemaal niet meer. Volgens Berend is ze er ook niet echt goed in. Ze maakt alleen maar kleine proeflapjes en niet van die mooie voorstellingen zoals moeder.

Ze springt blij op als Berend binnenkomt.

'Het is voor de hele familie, dus ik mag ook mee!'

'Wanneer is de inhuldiging?' vraagt Berend aan vader.

'Zeven augustus al, dus we moeten ons gaan klaarmaken voor de reis.'

'Kunnen we wel weg, nu met dat hooi binnenhalen en zo?' Berend wil aan vader laten merken dat hij serieus over alles nadenkt.

Vader glimlacht. 'De rentmeester heeft ervaring genoeg. Wij kunnen ons gaan voorbereiden op het vredesfeest.' Hij geeft moeder een kus. 'Ik hoop dat Catharina ook komt, en dat de vrede echt getekend gaat worden.'

De reis naar Arnhem

De voorbereidingen voor de reis duren dagen. Berend zorgt dat hij zoveel mogelijk uit de buurt blijft. Hij is bij Dirk op 't Nijland, of hij rijdt met Sterre over het land. En elke dag gaat hij natuurlijk even bij Falco kijken, zijn eigen valk.

'Waarom kunnen we niet gewoon op onze paarden stappen en gaan?' vraagt Berend zachtjes aan zijn valk. Die schudt alleen zijn veren en zegt niets.

Moeder en Gerritje vullen kisten met jurken voor de

dames. Tot Berends grote verbazing hoort Mechteld daar ook bij. Voor vader en hem gaat ook feestkleding mee en een van de stalknechten pakt zelfs siertuig in voor de paarden. Wagens voor de bagage worden gesmeerd en schoongemaakt. Vaders schildknaap Aernout poetst en oliet de wapenrusting voor de toernooien. Samen met vader zoekt hij de wapens uit.

De valkenier zorgt dat er valken mee kunnen, voor het geval er gejaagd gaat worden. Vader bespreekt met de rentmeester dat een aantal knechts zal meereizen als soldaten.

Er gaan ook geschenken mee voor de nieuwe hertog. Vader regelt dat samen met de andere ridders van het graafschap Zutphen. Berend heeft gehoord dat er een zilveren bokaal aan de hertog gegeven zal worden en een getijdenboek aan de hertogin. Berends moeder heeft er ook een en daarom weet hij wat het is. Er staan gebeden in, en een kalender. Dat van zijn moeder is heel mooi versierd. Zo'n boek is reuze deftig en duur en het kost veel tijd om het te laten maken. Gelukkig had een van de ridders er al een in bestelling voor zijn vrouw, en dat kan nu aan hertogin Maria gegeven worden. De vrouw van de ridder moet dan maar even wachten.

'De hertogin is er toch niet. Dan hoeft ze toch ook geen cadeau?' zei Berend toen hij dat hoorde.

Mechteld lachte hem uit. 'Jij snapt ook niks van de regels van het hof. Maria is toch heel belangrijk? Zij heeft het hertogdom Gelre geërfd van haar vader. Dankzij haar wordt Maximiliaan hertog.'

Moeder, Mechteld en de kleine Elizabeth vertrekken met een paar knechten en de bagagewagens naar hun stadshuis in Zutphen. Daar zullen ze nog meer inpakken.

Eindelijk zijn alle voorbereidingen echt helemaal klaar. Nu kan de reis ook voor Berend en vader beginnen. Op het voorplein van huize Vorden staat een troep solda- ten gereed. De paarden schrapen hun hoeven en de knechten schreeuwen hun laatste bevelen. Ze lichten hun werk bij met fakkels, want de zon is nog niet op. Vader geeft het signaal tot vertrek, en daar gaan ze. Gerritje zwaait ze uit bij de keukendeur.

Ze gaan zo vroeg weg, omdat vader de reis in één dag wil maken. En dat zal niet meevallen met de bagagewagens straks. Die kunnen lang niet zo snel als de rijpaarden.

Vader heeft een maliënkolder aan. Berend begrijpt best waarom, want hij is de woorden van de koerier niet vergeten. Ze kunnen onderweg worden aangevallen. Als hij daaraan denkt, voelt hij iets zwaars in zijn buik. Het is niet dat hij bang is, maar een echt gevecht heeft hij nog nooit gezien...

Berend rijdt naast vader. Het eerste stuk van de reis, tot Zutphen, kent hij goed. Dit hebben ze al zo vaak gereden. De lucht wordt langzamerhand lichter en de eerste vogels beginnen te zingen. Het wordt een mooie dag, dat kun je aan alles zien.

De paarden galopperen lekker door. Berend moet Sterre af en toe zelfs inhouden. Ze heeft zin in de grote reis, net als hijzelf. Een hele week naar de stad Arnhem! Daar is hij nog nooit geweest.

Net als de zon begint op te komen, bereiken ze de stadspoorten van Zutphen. Krakend en piepend gaan de zware houten deuren open. Slaperige wachten verschijnen in de opening.

'U bent er vroeg bij, heer,' mompelt een van hen tegen vader.

'We moeten nog tot Arnhem vandaag,' antwoordt die opgewekt. Achter elkaar stappen vader, Berend en de soldaten door de stille straten van de stad. Er zijn nog niet veel mensen wakker. Een bakker staat op straat en doet de luiken van zijn huis open. De heerlijke geur van vers brood komt Berend tegemoet. Gelukkig heeft hij net al gegeten!

Voor het stadshuis van Berends familie staan de wagens klaar. Knechten trekken hier en daar nog wat riemen aan. Eén brengt twee gezadelde paarden naar buiten. Of eigenlijk een paard en een pony. In de deuropening verschijnen moeder en Mechteld.

'Was jij ook al zo vroeg op, Berend?' roept Mechteld. Ze rent van de drempel naar haar pony. 'Zal ik naast jou rijden?'

Berend kijkt even vragend naar vader. Nu vader hem zo groot vindt, mag hij misschien de rest van de reis naast hem blijven rijden.

Maar vader ziet hem niet. Hij is druk bezig moeder in het zadel te helpen. Ondertussen roept hij wat tegen de soldaten.

'Goed,' zegt Berend tegen Mechteld. 'Dan kan ik je beschermen.'

Ze lacht en steekt haar tong tegen hem uit. 'Ik denk niet dat dat helpt!'

Samen draven ze achter vader en moeder de stad uit.

'Fijn hè Berend, op reis? Ik ben nog nooit verder dan Zutphen geweest.' Mechtelds wangen gloeien van opwinding.

'Ik wel hoor,' zegt Berend stoer. Maar eigenlijk kan hij niet bedenken, wanneer hij verder weg is geweest dan Mechteld.

Hij kijkt over zijn schouder om de stoet te overzien. Je kan wel merken, dat ze een deftige adellijke familie zijn. Zo'n groot reisgezelschap heeft niet iedereen! Soldaten, knechten, vaders schildknaap, bagagewagens en daar ziet Berend ook de valkenier met de valken. Zelfs Falco mag mee op reis.

Aan het eind van de stoet rijden soldaten, net als aan het begin. Gelukkig maar, denkt Berend.

Buiten de stad rijden ze in de richting van Voorst. Daar is een veer, waar ze met de hele stoet de IJssel oversteken. Het is maar goed, dat ze zo vroeg zijn weggegaan, want het duurt een hele tijd voordat iedereen over is.

'We rijden over de hoge gronden naar Arnhem,' legt vader aan de voorste groep soldaten uit. 'Volg zoveel mogelijk de loop van de rivier, maar we kunnen er niet te dicht langs. Daar is de grond te drassig. Met de wagens komen we daar niet door. Blijf scherp, want hier in de buurt zijn rondzwervende troepen van Maximiliaan gezien. Laat één of twee man steeds vooruit rijden, om de route vast te verkennen.'

Berend kijkt opzij naar Mechteld, maar die heeft niet gehoord wat vader zei. Ze is druk in gesprek met moeder. Mechteld vindt het maar niks, dat Elizabeth in Zutphen bij een voedster achterblijft. 'Die koerier zei: "Voor de hele familie,"' houdt ze vol. Maar moeder vindt Elizabeth echt nog veel te klein voor zo'n lange reis.

Dan geeft vader het teken dat ze weer verder gaan. Mechteld haalt haar schouders op en geeft haar pony de sporen.

Het eerste deel van de reis gaat heel goed. Om een uur of tien komen ze op kasteel de Engelenburg. Vader kent de familie die daar woont. Het reisgezelschap wordt hartelijk ontvangen. Ze krijgen verse paarden voor de wagens. De rijpaarden kunnen even op adem komen. En de reizigers zelf krijgen versgebakken brood, karnemelk en bier. De kasteelvrouwe heeft lieve konijntjes en Mechteld is er niet bij weg te slaan. Toch roept vader hen al snel om weer verder te gaan.

'We moeten nog een heel eind,' zegt hij. 'En nu kunnen we onderweg niet meer verversen. Dus moeten we over een uur of twee een flinke pauze nemen.'

Berend ziet dat vader even apart met het hoofd van de soldaten overlegt. Zou die iets gezien hebben?

Tegen de middag komt de stoet in de Onzalige Bossen bij Dieren. Vader houdt zijn paard in op een mooie open plek. 'Hier gaan we rusten!' roept hij naar achteren.

Krakend houden de wagens stil. Meteen gaan de knechten aan het werk. Ze spannen de paarden uit en helpen moeder van het paard. Mechteld springt zelf van haar pony. Ze laat zich in een bosje hei vallen. 'Hèhè, daar word je moe van zeg!'

Berend laat zich naast haar vallen. Het is inderdaad een hele reis.

'Hé kijk, hier heeft net nog een stel paarden gelopen,' zegt Berend en hij wijst Mechteld op de sporen in het zand.

In één tel staat vader naast hem. 'Goed gezien, Berend!' Hij wenkt een van de soldaten. 'Maak zoveel mogelijk een kring van de wagens!' roept hij over zijn schouder naar de knechten. 'We eten in het midden van de kring.'

Vader wijst de soldaat op de sporen. 'Twee aan twee de omgeving verkennen. Als ik op mijn hoorn blaas, onmiddellijk terugkomen.'

De soldaat knikt en legt de anderen uit wat ze moeten doen. Vader duwt Mechteld en Berend zacht in de richting van de kring van wagens.

'Blijf daar en zorg dat je zo weer kunt opstappen, als het nodig is.'

In de kring spreidt moeder kleden uit.

'Kom zitten, jongens,' zegt ze.

Annetje draagt een mand met eten aan. Heerlijke dingen komen eruit: een kruik met cider, taarten met vlees en met vruchten, brood en pruimen. Berends maag begint te knorren.

Ineens klinkt in het bos hoorngeschal.

'Iedereen binnen de wagenkring!' roept vader. Met één sprong zit hij in zijn zadel. In galop gaat hij op het geluid af. De soldaten stuiven van alle kanten achter hem aan. Een paar houden de wacht bij de wagens. Ze hebben leren beschermvesten aan, net als Berend.

In de verte schreeuwt vader een bevel. Dan klinkt het geluid van zwaarden die op elkaar slaan. Vreemde stemmen roepen onverstaanbare woorden.

'Wat spreken die voor taal?' fluistert Mechteld zacht tegen Berend. Ze lijkt helemaal niet bang.

Moeder trekt haar tegen zich aan. 'Jij bent altijd nieuwsgierig, wat er ook gebeurt!' zegt ze met een glimlach.

'Mag ik gaan kijken?' vraagt Berend, maar hij weet het antwoord al.

'Als je schildknaap bent, en niet eerder,' zegt moeder streng. 'Straks slaat iemand je nog per ongeluk met een zwaard.'

Het duurt niet lang voordat vader en zijn mannen weer terugkeren bij de wagens.

'Het waren maar een paar loslopende soldaten van Maximiliaan,' legt vader aan moeder uit. 'Ze zagen er nogal uitgehongerd uit. En ze waren banger voor ons dan wij voor hen.'

Hij draait zich om naar zijn mannen en geeft wat korte bevelen.

'Geef me nou eens zo'n lekker stuk taart, Mechteld,' zegt hij dan en hij leunt achterover tegen een van de wagens. De zon schittert in zijn maliënkolder.

Voorbereidingen voor het feest

Aan het eind van de middag bereiken ze de stad Arnhem. De muren van de stad zijn al versierd voor de inkomst van Maximiliaan, de volgende morgen. Vaandels met zijn wapen hangen uit. De late namiddagzon fonkelt vriendelijk in de stadsgracht.

Buiten de muren staan kleurige tenten van andere bezoekers van de feestelijkheden. Die hebben ook allemaal vaandels en vlaggen met hun eigen wapens.

'Mooi hè?' zegt Mechteld. Ze schuift heen en weer in haar zadel. 'Ik krijg pijn in mijn billen, van al dat rijden. Ik zal blij zijn als ik eraf mag.'

'Bijna,' zegt moeder. Ze wijst naar vader die met de soldaten en knechten aan het overleggen is. Hij geeft ze aanwijzingen waar zij hun tenten op moeten slaan. Er komen zoveel gasten naar het feest dat er niet voor iedereen plaats is in de stad.

'Gaan wij ook in een tent slapen?' vraagt Berend hoopvol. Moeder schudt haar hoofd.

'Wij logeren bij Wijnand van Arnhem, in zijn stadshuis. Maar die heeft geen plaats voor al onze mensen. En kijk niet zo beteuterd, want het huis van de familie van Arnhem is aan de Markt, midden in de stad!'

Daar fleurt Berend helemaal van op. 'Dan kunnen we vast alles goed zien!' roept hij.

Vader is klaar en ze rijden naar de Velperpoort. Het is

er een drukte van belang. Van alle kanten komen ruiters, gevolgd door wagens. Ze moeten zelfs in de rij staan om de stad binnen te komen.

Vader en moeder gaan voorop. Aernout loopt als schildknaap natuurlijk vlak achter hen, en dan volgen Berend en Mechteld. Achteraan komen de bagagewagens, met knechten die moeten helpen uitpakken.

'Ik hoop dat die Wijnand een groot huis heeft,' zegt Berend tegen Mechteld. 'Moet je zien hoeveel we bij ons hebben!'

De rij voor hen wordt korter en korter. Eindelijk zijn ze aan de beurt om door de poort te rijden. De wachters zijn vriendelijk. Zij hebben ook zin in het grote feest. Een van hen groet Mechteld plechtig, zoals een dame van adel begroet hoort te worden. Ze glimlacht breed en vergeet de pijn in haar billen onmiddellijk.

Om bij het huis van de heer van Arnhem te komen, moeten ze door de hele stad.

'Deze straat heet de Coninckstraat,' legt vader aan de kinderen uit. 'En daar is de Grote Kerk, waar morgen de inhuldiging van de hertog is.'

Op de Markt is het enorm druk. Meer adellijke families hebben hun stadshuis hier. En die families hebben allemaal gasten voor de feestweek. Bovendien zijn er knechten bezig met het opbouwen van tribunes langs de zijkanten van de Markt.

Andere knechten proberen de bagage van hun heren naar de plaats van bestemming te krijgen. Ze schreeuwen tegen elkaar en helpen elkaar een weg te vinden door de wirwar van wagens en paarden.

'Berend, kijk, daar is Hendrik!' roept Mechteld ineens. Inderdaad, daar loopt hun grote broer. Aan zijn kleding kun je zien dat hij de schildknaap is van een belangrijk heer.

'Hendrik!' roept Berend. Hij gaat in zijn stijgbeugels staan om meer op te vallen. Hij zwaait met zijn baret.

Als Hendrik hen ziet, zegt hij kort iets tegen de knecht naast hem. Dan komt hij met grote passen naar hen toe.

'Vader, moeder, jongens! Wat goed dat jullie er zijn.' Hij maakt een buiging voor moeder en geeft haar een handkus.

'Ga jij later ook zo overdreven doen?' vraagt Mechteld zacht proestend aan Berend.

'Dat hoort zo,' weet Berend en hij kijkt ernstig. Natuurlijk gaat hij dat later ook zo doen.

'Wij logeren daar.' Hendrik wijst naar de andere kant van de Markt. 'Ik moet helpen de wapenrusting van de heer van Bronckhorst uit te laden en op te bergen. Als ik klaar ben kunnen we misschien even samen door de stad lopen.' Hij kijkt naar zijn jongere broer.

'Ja, graag,' zegt Berend blij.

'Maar eerst moet Berend ook helpen met uitpakken,' onderbreekt vader hen. 'Kijk eens, je heer staat op je te wachten!'

Hendrik sprint weg.

'Tot straks!' roept hij nog over zijn schouder.

Wijnand van Arnhem staat op de stoep van zijn huis om de hele familie te ontvangen. Hij omhelst vader hartelijk en neemt hen mee naar de grote zaal van zijn stadshuis.

'Kijk eens wie hier zijn!' roept hij tegen zijn vrouw. Vanaf haar vensterbank zit die naar alle drukte op de markt te kijken. Voor haar staat een groot borduurraam, maar haar handen liggen in haar schoot. Er is vandaag veel te veel te zien.

Nu staat ze op om de familie van Vorden te begroeten. Haar haren zijn kunstig opgemaakt en haar rokken ruisen als ze loopt.

'Wat een mooie dame,' fluistert Mechteld tegen Berend. Die geeft haar een stoot met zijn elleboog. 'Niet fluisteren!'

De vrouwe van Arnhem slaat haar handen ineen. 'Wat is jullie Berend al groot,' zegt ze vol bewondering. 'Bij wie is hij page?'

Verlegen maakt Berend een buiging voor haar.

'We hebben nog geen afspraken voor Berend gemaakt,' legt vader uit. 'Maar dat hoop ik deze week te doen.'

'Ik hoorde dat Oswald van den Bergh op dit moment geen page heeft,' zegt Wijnand behulpzaam en hij klopt Berend bemoedigend op de schouder.

Berend krijgt een kleur. De heer van kasteel Bergh is net zo machtig als de heer van Bronckhorst! Stel je voor...

'Jullie zullen wel honger hebben,' zegt de gastvrouw en ze klapt in haar handen.

Onmiddellijk worden er schalen binnengebracht met heerlijk gebraden vlees en verse gebakken vis. Het water loopt Berend in de mond. Hij heeft inderdaad trek gekregen.

Onder het eten legt Wijnand uit wat er deze week allemaal te gebeuren staat. Mechteld en Berend zitten met hun oren te klapperen. Zo'n groot feest hebben ze nog nooit meegemaakt.

Als ze klaar zijn met eten, beginnen de heren over politiek te praten. Moeder trekt zich met de vrouwe van Arnhem terug in de vensterbank. Ze wenkt Mechteld naast zich.

Vader geeft Berend een knipoog. 'Kijk jij maar of je Hendrik kunt vinden,' zegt hij.

De inhuldiging van de hertog

Berend wordt wakker door het luiden van de klokken van de Grote Kerk. Met een ruk zit hij overeind. Feest vandaag!

In de hoek van de kamer waar zij als gasten van de familie van Arnhem zijn ondergebracht, staat Aernout zich aan te kleden. Hij steekt zijn hand op als hij ziet dat Berend wakker is. Vader is al op, en niet meer in de kamer.

Op de gangen klinken stemmen en haastige voetstappen. Het hele huis is al in rep en roer voor het feest van vandaag. Er wordt op de kamerdeur geklopt en Annetje komt binnen. Aernout gaat tegelijkertijd de gang op.

'Goeiemorgen, jongeheer, jongedame.' Ze knikt naar Mechteld die overeind komt. 'Jullie moeten je mooi aankleden voor de inhuldiging.'

Annetje duwt de binnenluiken voor de ramen weg. Dan maakt ze een reiskist open die onder het kamerraam staat. Voorzichtig pakt ze de kleren voor de kinderen eruit. De jurk van Mechteld is prachtig, er zitten zelfs glinsterende stiksels op.

Maar Berend hoeft niet voor haar onder te doen. Zijn buis is van glanzend blauwe stof en op zijn baret staat het wapen van Hackfort.

'Jij kunt het zelf, Berend. En begin jij maar vast, Mechteld. Ik moet eerst je moeders haar doen.'

Berend kleedt zich razendsnel aan, maar Mechteld moet wachten tot Annetje haar jurk van achteren dichtknoopt.

'Tot straks,' roept Berend en hij glipt de gang op voor moeder of Mechteld iets kunnen zeggen.

'Doe niet zo flauw! Wacht nou,' hoort hij Mechteld nog roepen, maar dan is hij al bij de trap.

In de zaal vindt hij vader aan tafel met Wijnand van Arnhem.

'Vader, mag ik naar de intocht gaan kijken?'

'Goedemorgen, Berend,' groet vader nadrukkelijk. Gauw maakt Berend een buiging voor de heer van Arnhem. Hij kijkt vragend naar vader.

'Wij zitten straks met de hele Gelderse adel op de tribunes,' zegt vader. 'Dan zie je de intocht goed. Wijnand ontvangt de hertog, samen met de burgermeester van de stad.'

'Mag ik niet op de muren gaan kijken?' bedelt Berend. 'Dan kan ik de hertog en zijn gevolg zien aankomen. Dat lijkt me zo mooi!'

Wijnand komt hem te hulp.

'Eet eerst maar wat, dan krijg je wel een knecht mee die de weg weet.' Hij wendt zich tot vader. 'Maximiliaan komt binnen bij de Sabelspoort, dat is hier aan het eind van de Markt. De knecht zorgt wel dat Berend op tijd weer op de tribune zit.'

Niet veel later loopt Berend al op de Markt met Hannes, een knecht van Wijnand. Het is een jongen die niet veel ouder is dan Hendrik.

'Fijn dat ik met u mee mag, jongeheer!' zegt hij. 'Anders had ik vast van alles in huis moeten doen en niks van de intocht gezien.'

Als een aal glipt Hannes overal tussendoor en Berend moet goed opletten om hem niet kwijt te raken.

'Hier kunnen we de muren op. Die wachter daar is een neef van me. Pieter!' roept Hannes.

Pieter begrijpt meteen wat ze willen.

'Kom maar hier,' wenkt hij. Door een deurtje komen ze op een trap, die hen boven op de muren brengt.

'Wat kan je hier ver kijken!' roept Berend uit.

'Daar in de verte ligt Nijmegen.' Hannes wijst. 'Daar komt Maximiliaan vandaan. Dat is niet zo ver dus. Kijk, daar komt een grote groep aan. Zou dat Maximiliaan al zijn?'

Inderdaad rijdt er in de verte een groot gezelschap. Als het dichterbij komt, ziet Berend wapperende vaandels en glinsterende harnassen. Dat moet inderdaad de nieuwe hertog wel zijn!

Het duurt een tijd, voordat de echte intocht kan beginnen. Het hele gezelschap van de hertog moet eerst de Rijn oversteken. En ze kunnen natuurlijk niet met zijn allen tegelijk op het veer.

Toch verveelt Berend zich niet, want er is genoeg te zien. De poort waardoor de hertog straks binnenkomt is prachtig versierd. Over de muren van de stad hangen grote doeken met het wapen van de nieuwe hertog, en met het wapen van de stad.

Als Berend zich omdraait, kan hij over de hele Markt kijken. Daar komt de adel van Gelre naar de tribunes voor de ontvangst van de hertog. Iedereen heeft zich op zijn mooist uitgedost. Overal op de tribunes hangen vaandels met wapens van de mensen die er zitten. Samen met Hannes probeert Berend te bedenken welk wapen van wie is.

44

Ineens klinkt er vlak onder de muur hoorngeschal.

Berend en Hannes rennen weer naar de andere kant. Voor de poort staat Maximiliaan, de hertog van Gelre, met zijn gevolg. Berend kan hem goed zien. De nieuwe hertog is nog jong. Hij heeft een langgerekt gezicht en hij kijkt ernstig.

Hannes trekt aan zijn mouw. 'Snel, we moeten naar de tribunes! Anders krijg ik op mijn kop.'

Op dezelfde kruip-door-sluip-door-manier als op de heenweg komen ze bij de tribunes.

'Daar zit mijn vader,' zegt Berend.

'Die man waar hij mee praat, is de heer van Bergh,' weet Hannes. Berends hart springt op. Zouden ze het over hem hebben?

Hannes geeft hem een duw. 'Ga nou naar je plaats!' Dan verdwijnt hij weer in de menigte.

Als Berend net zit, rijdt de hertog de Markt op. De klokken van de Grote Kerk luiden nog steeds oorverdovend. Maximiliaan wordt ontvangen door Wijnand, de heer van Arnhem, en door de burgervaders van de stad. Berend kan niet verstaan wat er gezegd wordt, maar het is duidelijk een plechtige gebeurtenis.

Maximiliaan krijgt van de stad vier ossen aangeboden en zes vaten wijn, ter gelegenheid van zijn inhuldiging.

Hij heeft ook een cadeautje voor de stad: Arnhem krijgt het marktrecht van de hele Veluwe. Dat betekent dat alleen in deze stad spullen van de Veluwe naar de markt gebracht mogen worden.

'Dat is een mooi cadeau,' vindt vader.

Mechteld haalt haar schouders op. 'Wat heeft de stad daar nou aan?'

'Daar kan de stad aan verdienen,' legt moeder haar uit. 'Al die marktgangers geven immers veel geld uit. O, kijk, we moeten achter de hertog aan de kerk inlopen.'

En inderdaad: de hertog loopt plechtig de kerk in en de mensen van de tribunes lopen achter hem aan. Vader houdt moeders hand vast, maar niet gewoon. Het is meer zoals in een dans. Mechteld houdt haar hand omhoog voor Berend.

'Jij moet dat ook bij mij doen,' zegt ze beslist. 'Je wilt het toch doen zoals het hoort? Als je later page of schildknaap bent, moet je ook zo doen, hoor.'

Berend knikt. Daar heeft ze gelijk in. Hij pakt haar hand net zo gek hoog als vader dat bij moeder doet en samen lopen ze de kerk in.

Die zit stampvol, maar de adel heeft natuurlijk de mooiste plekjes. Dat betekent niet, dat Berend en Mechteld zich niet gaan vervelen. Eerst valt het nog wel mee, want er is genoeg te zien. Maar de priester praat alleen maar in het Latijn, en de hele mis duurt voor Berends gevoel uren. Hij bekijkt de schilderingen op het plafond; die kent hij van deze kerk in ieder geval nog niet. Naast hem begint Mechteld steeds meer heen en weer te schuiven. 'Saai hè?' fluistert ze.

Dan ineens heeft ze haar aandacht er weer bij. Ze stoot Berend aan. Vlak voor het altaar ligt een groen kleed. De nieuwe hertog gaat er gestrekt op liggen met zijn armen gespreid. Met een kwast sproeit de priester wijwater over hem heen. Daarbij mompelt hij van alles in het Latijn.

'Dat is de echte inwijding,' weet Mechteld.

'Mooi,' vindt Berend. 'Als we dat gehad hebben, kan het feest tenminste beginnen.'

En dan trekt hij vader aan zijn mouw. 'Is het nu vrede?'

'Het komt wel steeds dichterbij, maar Maximiliaan moet zich nog verzoenen met Catherina. Die heeft nu tenslotte oorlog gevoerd met de échte hertog.'

Vader wijst naar een dame die helemaal vooraan in de kerk zit. 'Kijk, dat is Catherina. Het is fijn dat ze er is, en dat ze blijkbaar eregast is.'

Een raar gesprek

48 De dag na de inhuldiging is het grote damesfeest. Eerst is er een jacht met valken, en zelfs de meisjes mogen mee. Mechteld is niet meer te stuiten van opwinding. Ze rent de trappen van het huis van de heer van Arnhem op en af. Steeds is ze iets kwijt: haar rijlaarzen, haar handschoenen en nu kan ze haar hoed weer niet vinden. Ze duwt Berend zowat van de trap, als ze hem tegenkomt.

'Ik ga zo jagen! Weet jij waar mijn hoed is?'

'Je mag mee, maar je mag natuurlijk niet jagen,' bromt Berend. Hij kan het eigenlijk niet uitstaan dat Mechteld mee mag, want hij is nog nooit mee geweest met een jacht. Die nieuwe hertog is vast een echte uitslover, dat-ie zelfs meisjes mee laat doen.

Moeder komt de trap op met de hoed van Mechteld. Ze ziet Berends nukkige gezicht en onderdrukt een glimlach. Ze weet wat hij denkt.

'Dat hebben de meisjes aan Maria te danken,' zegt ze. De hertogin is dol op jagen en overal waar ze is worden valkenjachten georganiseerd. Zij schijnt er ook al heel jong mee begonnen te zijn. Dus ze gunt meisjes als Mechteld ook wat.'

Berend haalt zijn schouders op. 'Leuk voor Mechteld, maar Falco mag niet mee.'

'Ach joh, doe toch niet zo kinderachtig!' Mechteld stampvoet op de houten traptree en struikelt daardoor bijna over haar jurk.

'Falco gáát ook niet mee, we hebben andere valken. En ik denk inderdaad niet, dat je echt mag jagen, Mechteld,' zegt moeder sussend. Ze geeft haar dochter de hoed en wendt zich naar Berend. 'Ga jij met vader naar de boogschietwedstrijden?'

Berend knikt. 'En vanavond mogen we toch allemaal naar de maskerade?' vraagt hij.

'Ja, allemaal. Annetje is al druk bezig met het uitzoeken van de kostuums van iedereen.'

Moeder kijkt naar Mechteld en ziet dat ze zowaar alles bij elkaar heeft.

'Hup, jongedame, we gaan! De paarden staan buiten al gezadeld. Het wachten is op jou.'

Moeder en Mechteld verdwijnen gehaast naar buiten. Berend kijkt Mechtelds ingehouden gehuppel na. Hij kan zich haar opwinding goed voorstellen.

Dan haalt hij zijn schouders op. Boogschietwedstrijden zijn ook leuk.

'Kom, Berend, dadelijk vinden we geen goede plaats meer op de tribune!' Vader staat bij de grote voordeur. Hij is feestelijk en deftig uitgedost.

Met deze wedstrijden doet vader niet mee. Ze zijn voor de jonge ridders en er is ook een wedstrijd voor de schildknapen.

Hendrik doet wel mee. En Berend gaat hem aanmoedigen. Al heeft Hendrik dat vast niet nodig, want hij is heel goed.

Berend loopt met vader naar de tribunes, maar het schiet niet echt op. Overal blijft vader stilstaan om een praatje te maken. Van de een bewondert hij de wapenuitrusting, met de ander bespreekt hij de vrede.

Berend wiebelt ongeduldig van het ene been op het andere. Waarom gaan ze niet vast op de tribune zitten? Dan kan hij veel meer zien. En dan kan vader alsnog praten met wie hij maar wil.

Daar komt Hendrik voorbij met een grote boog. Hij wijst naar de lucht.

'Moet je zien, wat een grote wolken! Ik hoop niet dat het straks gaat regenen.'

Dan ziet hij Berends gezicht.

'Berend, ga met mij mee. Dan kun je me helpen met de voorbereidingen,' stelt hij voor.

Berend kijkt naar vader. Die staat weer met iemand te praten. Voorzichtig legt Berend zijn hand op vaders arm.

'Mag ik met Hendrik mee?'

Vader knikt even en praat dan weer door. Berend moet rennen om Hendrik in te halen.

'Ik heb niet echt wat te doen voor je,' zegt zijn broer. 'Maar ik dacht dat je liever met mij meeging, dan naar het gepraat van vader te luisteren.'

Berend grijnst. 'Klopt.'

Hendrik controleert met de andere deelnemers de afstand van de borden waarop geschoten moet worden.

Onder de tribune ontdekt Berend een jong hondje. Dat lijkt precies op Bruin! Hij wriemelt zich tussen de banken van de tribune door om bij het hondje te komen. Dat wil dolgraag spelen. Hij duwt zijn zachte kopje tegen Berends hand. Die zoekt kleine takjes om te gooien.

Dan hoort hij plotseling boven zijn hoofd een vreemd gesprek.

'Bij het toernooi moet je toeslaan. Ik zal zorgen, dat je een echt zwaard krijgt en geen houten toernooizwaard. Zodra de hertog geen dekking biedt, steek je hem neer. Je krijgt maar één keer de mogelijkheid, want daarna heeft iedereen door dat je een echt wapen hebt.'

Even is het stil en Berend durft zich niet te bewegen.

'Als Maximiliaan dood is, zal Catherina voogdes moeten blijven. Als Karel groot genoeg is, zal hij hertog worden. Wij moeten de zoon van de keizer van Oostenrijk niet dulden als onze nieuwe hertog! Vrede op deze manier is geen vrede!'

Boven Berends hoofd klinken voetstappen. Eerst loopt er één man weg, en later een andere. Voorzichtig kruipt Berend weer tussen de banken door. Hij kijkt om zich heen. Wie hebben daarnet met elkaar gesproken? Overal lopen mannen, jonge en oude. Hij heeft geen idee wiens stem hij gehoord heeft.

Waar is vader? Dit moet hij hem onmiddellijk vertellen!

Berend probeert de hele dag vaders aandacht te trekken, maar dat valt niet mee. Vader wordt op een gegeven moment zelfs kriegel van hem.

'Jongen, op een ander moment praat ik graag met je. Maar nu spreek ik mensen, die ik het hele jaar niet zie. En dat gaat voor.' En voor Berend iets kan zeggen, heeft hij zich alweer omgedraaid.

Misschien is het ook wel beter dat vader alleen is als hij hem spreekt, bedenkt Berend. Hij weet immers niet wie de mannen waren die hij heeft afgeluisterd...

Jammer dat moeder de hele dag weg is, anders had hij het haar kunnen vertellen.

's Avonds is het maskeradebal. Opgewonden is iedereen met zijn kleding bezig en maakt zich zo mooi mogelijk. Door huize van Arnhem rennen knechten en meiden af en aan.

Voor het vertrek naar de feestzaal is het Berend nog steeds niet gelukt om met vader of moeder te praten. Hij kan helemaal niet meer van het feest genieten. Zo belangrijk is datgene wat hij moet vertellen. Straks gaat de vrede niet eens door!

Op het bal krijgt Berend weer geen kans. De grote mensen dansen allerlei ingewikkelde figuren en praten in groepjes met elkaar. Als hij vader hier stoort, krijgt hij alleen maar ruzie.

Dus besluit Berend de andere kinderen maar op te zoeken. Misschien mag hij met hen meedoen.

Berend en Mechteld moeten eerder weg van het bal. Annetje brengt hen naar bed en Mechteld valt meteen in slaap. Berend wil wakker blijven. Zijn gedachten tollen door zijn hoofd.

Tegen de tijd dat vader en moeder terugkomen, weet Berend niet meer zeker of hij het wel echt gehoord heeft. En wat ze nou precies gezegd hebben? Hij kan de woorden van de mannen niet meer woordelijk herhalen.

Vader komt zacht de kamer binnen en Berend gaat rechtop zitten. Nu moet hij zijn kans grijpen. In zijn haast struikelt hij over zijn woorden als hij het eindelijk vertelt.

'Iemand wil morgen de hertog neersteken met een echt zwaard, dat heb ik gehoord.'

Vader glimlacht vermoeid en aait over het hoofd van zijn zoon.

'Er zijn er vast die dat willen doen, Berend. Maar alle wapens worden gecontroleerd, dus maak je maar geen zorgen. Niet tobben, lekker slapen.'

Na een kus staat hij op van de bedrand en gaat naar beneden voor een laatste beker wijn met Wijnand van Arnhem.

Berend stompt in zijn matras van woede. 'Ik dacht dat vader nu eindelijk zag, dat ik groot genoeg ben,' fluistert hij. Niemand hoort hem, maar zomaar zijn mond houden als alles echt misloopt kan hij niet.

Op de rand van zijn bed gaat hij zitten nadenken. Nu moet híj iets verzinnen. Maar kan een jongen van acht de hertog in zijn eentje redden?

Het ene idee na het andere laat hij in gedachten voorbijgaan. Het zijn allemaal heldhaftige plannen, maar ze kunnen allemaal niet echt. Als Berend zelf een zwaard trekt, wordt hij alleen maar uitgelachen. En een volwassene waarschuwen? Als zijn eigen vader hem al niet gelooft, zal vast niemand dat doen. Dan ineens bedenkt Berend iets dat wél kan. Maar dan heeft hij hulp nodig... Wie kan hij genoeg vertrouwen om aan dit gekke plan mee te doen?

Naast hem in het donker klinkt een zucht.

'Mechteld, ben je wakker?' vraagt Berend voorzichtig.

'Ja,' bromt Mechteld. 'Ik werd wakker van vader. En nu

zit jij maar te zuchten en te steunen. In slaap vallen lukt
me zo niet, hoor. Wat is er toch met je?'

En dan weet Berend wie hij moet vragen.

Zacht vertelt hij zijn zusje wat er aan de hand is, en
wat ze eraan kunnen doen.

Het toernooi

De stad Arnhem verkeert in een opgewonden feeststemming. Want over een uur begint een groot toernooi. De tribunes lopen vol en overal hoor je mensen praten. Waar straks gevochten gaat worden, staan muzikanten. Hun trommels klinken door de hele stad. De trompetten van de herauten blinken, vlaggen en vaandels wapperen en iedereen heeft zijn mooiste kleren aan.

Maar Berend heeft geen feestgevoel. Hij staat met zijn ouders voor het huis van Wijnand van Arnhem en hij is hartstikke zenuwachtig. Als de gemeneriken hun zin krijgen, is het straks weer oorlog in plaats van vrede. Wat zal de keizer van Oostenrijk doen, als zijn zoon bij een toernooi wordt neergestoken? Berend weet niet veel van oorlog, maar hij kan wel bedenken dat dat vast niet goed zal aflopen.

Hij hoopt maar dat het plan van Mechteld en hem werkt...

'Niemand in de weg lopen, hè?' zegt moeder. Berend weet dat ze het ongezellig vindt, dat hij bij Hendrik op de tribune gaat zitten. Ze drukt hem even tegen zich aan.

'Ik moet er maar aan wennen. Als je straks page bent, woon je zelfs ergens anders. En dan zul je vaker bij de schildknapen zitten.'

Even maakt Berends hart een huppeltje. Dat is waar: deze week zal vader een pageplaats voor hem afspreken.

Dan kijkt hij naar Mechteld. 'Tot straks,' zegt hij veelbetekenend.

Mechteld knipoogt. 'Het gaat lukken!'

Vader en moeder en Mechteld lopen naar hun plaatsen op de tribune. Zij zitten aan de overkant van de markt. Berend mag straks aan déze kant van de Markt zitten, aan de rand van het toernooiveld. Met Mechteld heeft hij besproken wat de handigste plaatsen voor hen zijn.

Maar eerst heeft hij nog wat anders te doen! Hij rent naar de stallen. Daarin is ook een plaats voor de valkenier van Vorden.

'Jan,' roept Berend hijgend.

'Hé Berend, ben je nog niet bij het toernooi? Ik wist wel dat je dol op je valk was, maar je kunt het ook overdrijven...'

Berend heeft geen tijd voor grapjes.

'Je moet me helpen, Jan. Wil je straks Falco aan Mechteld brengen? Precies op het moment dat het toernooi begint. Zij staat op je te wachten aan de overkant.'

'Daar begin ik niet aan, Berend. Dan krijg ik ruzie met je vader.'

Jan draait zich om naar Falco. 'Je hebt nog niet eens gegeten,' zegt hij zacht tegen de vogel. Hij aait hem over zijn kopje.

'Mooi,' zegt Berend. En hij pakt een stuk vlees en een loer. Dat is een leren bal aan een touwtje, waarmee jonge valken getraind worden. De valkenier bindt daar een stukje vlees op. Eerst laat hij de jonge valk vrij vliegen en als hij hem weer wil lokken, draait hij de loer rond aan het touw. De valk denkt dat er een prooi vliegt en valt de loer aan. Dan trekt de valkenier de loer met valk en al weer naar zich toe. Zo leert de jonge valk terugkeren naar de valkenier.

Berend kijkt Jan smekend aan.

'Mechteld gaat zo staan, dat vader haar niet kan zien. We doen echt niets doms, dat beloof ik.'

Jan kijkt lang en ernstig terug.

'Weet je dat zeker?'

Berend knikt. 'Heel zeker.'

'Goed dan.' Jan pakt Falco op de hand en doet hem zijn kap op. 'Ik geef Mechteld jouw handschoen wel.'

'Je bent geweldig, Jan!'

Berend rent weer weg. Voor zijn buik draagt hij de loer en het stuk vlees.

De herauten hebben inmiddels hun plaatsen ingenomen. Luid schallend kondigen zij het begin van het toernooi aan.

Berend schuift hijgend op zijn plaats aan de rand van het toernooiveld. Aan de overkant zwaait Mechteld naar hem. Ze zitten inderdaad allebei precies goed zo.

'Het eerste gevecht zal gevoerd worden door Maximiliaan, hertog van Gelre tegen Wijnand van Arnhem!' Weer blazen de herauten op hun trompet.

De twee ridders komen het veld oprijden. Hun harnassen blinken en hun strijdrossen zijn prachtig versierd. Je kunt je niet vergissen in wie wie is, want hun wapens staan overal op.

Opgelucht haalt Berend adem. Wijnand van Arnhem is natuurlijk geen gemenerik, dus daar hoeft hij niet bang voor te zijn.

De ridders rijden naar het midden. Het publiek wordt stil: nu gaat het beginnen. Je hoort alleen nog de hoeven van de paarden. Die klinken gedempt doordat de bestrating van de Markt voor de gelegenheid is weggehaald.

De ridders begroeten de dames met een buiging. Dan klappen ze hun vizier dicht en nemen hun plaatsen in. De heraut geeft het beginsignaal en de paarden denderen op elkaar af.

Zaagsel, stof en kluiten aarde vliegen alle kanten op. Berend wendt zijn gezicht af om niks in zijn ogen te krijgen. Dan ziet hij iets geks. Achter de tribune staat een ridder. Hij heeft net zo'n harnas aan als Wijnand van Arnhem. Op zijn schild staat het wapen van Arnhem en in zijn hand draagt hij een glinsterend zwaard.

Dat is echt geen houten toernooizwaard!

Berend hoort een dreun en kijkt op. De hertog van Gelre heeft Wijnand uit zijn zadel gestoten. Wijnand krabbelt overeind en loopt naar zijn schildknaap om zijn zwaard aan te nemen. Die staat aan de rand van het veld, net uit het zicht van het publiek.

Zodra Wijnand achter de tribune komt, springen twee mannen op zijn nek. De ene bindt hem meteen een doek voor zijn mond. De andere bindt zijn handen en samen trekken ze hem weg. Het gaat zo vlug dat Berend zijn ogen nauwelijks kan geloven.

De ridder met het glinsterende zwaard springt naar voren. Hij neemt de plaats in van Wijnand in het toernooi!

Berend kijkt naar Mechteld. Ze staat precies tegenover hem, maar dan helemaal bovenaan. Op haar hand zit Falco. Berend steekt zijn hand op en Mechteld zwaait terug met haar vrije hand.

Berend gaat rechtop staan en neemt de loer stevig in zijn hand. Hij haalt diep adem. Het plan is goed, maar niet makkelijk.

De valse ridder stormt het toernooiveld op. Hij rent in de richting van de nietsvermoedende nieuwe hertog Maximiliaan. Zijn zwaard houdt hij in de aanslag.

Berend steekt twee armen in de lucht: dat is het teken dat hij met Mechteld heeft afgesproken. Mechteld haalt het kapje van Falco's kopje en maakt de vogel los van de handschoen. Ze werpt hem op en Falco stijgt in één keer hoog in de lucht, zo'n zin heeft hij om te vliegen.

Dat is niet de bedoeling! Mechteld slaat haar hand voor haar mond. Maar dan roept ze hard: 'Berend, red de hertog!'

Sommige mensen in het publiek kijken verbaasd omhoog naar het schreeuwende meisje. Waar gaat dit over?

De valse ridder trekt zich niets van haar geroep aan. Hij rent op de hertog af, die een gevechtshouding aanneemt.

Nu gaat het allemaal heel snel.

Berend draait zijn loer met het stuk vlees erop. Hij fluit hard. Daarna roept hij zijn vogel. 'Falco!'

De valk ziet de loer en maakt een duikvlucht. De valse ridder wil toeslaan, maar dan vliegt Falco rakelings over. Daardoor verliest de ridder zijn evenwicht. In zijn val steekt hij naar de hertog met zijn zwaard. Doodsteken lukt niet meer, nu hij niet meer stevig op zijn benen staat. Maar hij raakt de hertog nog net wel in zijn arm.

Falco pakt de loer en Berend trekt hem in. Intussen valt de valse ridder in het stof.

De hertog grijpt naar zijn arm. Door zijn vingers sijpelt bloed. Er gaat een zucht van afschuw door het publiek.

Van alle kanten springen nu ridders het toernooiveld op. Vader is als eerste bij de valse ridder. Voor Berends gezicht klapt hij het vizier van de verrader op.

Er komt een rode baard onder vandaan. Daarboven fonkelen een paar boze ogen. Het is Johan, de roofridder van Wisch.

'Het is altijd dezelfde!' roept hij woedend als hij Berends vader ziet. 'Door jouw zoon is mijn plan mislukt!'

Dan sleept vader hem mee.

'Je zult je straf wel krijgen, Johan!' zegt hij.

Vlak voor Berend blijft hij even staan.

'Ik had beter naar je moeten luisteren. Maar gelukkig heb jij de hertog gered.'

'Samen met Mechteld,' zegt Berend. En hij zwaait naar zijn zus die de tribune af komt rennen. Hij weet niet wat hij fijner vindt: dat de aanslag is mislukt of dat vader zo trots op hem is.

Vrede

De hertog wordt op een brancard naar zijn paleis gedragen.

'Hij voelt zich zeker slap, omdat hij zo bloedt,' denkt Mechteld hardop.

Berend stoot haar aan en wijst. Achter de tribunes komt Wijnand naar voren. Die is gelukkig snel bevrijd.

Ineens is de sfeer in de stad heel anders dan vanmorgen. De mensen praten nu zacht met elkaar. Er wordt geen muziek meer gemaakt en de herauten zijn verdwenen. Het lijkt alsof alles minder glanst, maar dat komt misschien ook doordat er een wolk voor de zon is geschoven.

Berend en Mechteld zijn bezorgd. Vader is trots op hen, maar hij is meteen met de andere ridders gaan praten. Zou de vrede nu wel getekend worden? Misschien is de hertog wel zo kwaad dat hij de oorlog weer opnieuw laat beginnen.

Daar komt moeder aan, met de vrouwe van Arnhem. Ze hebben haast, de sluiers aan hun hoeden wapperen in de wind. Dan zien ze de kinderen. Moeders gezicht klaart op. De vrouwe van Arnhem zwaait even en loopt door. Ze gaat zeker haar man zoeken.

Moeder geeft eerst Mechteld een dikke knuffel en dan Berend. Om elk kind slaat ze een arm. 'Wat een dappere kinderen,' zegt ze. 'Vader vertelde dat je gisteren hebt geprobeerd hem te waarschuwen, Berend. Niet alleen aan mij, maar aan iedereen om hem heen die het wilde horen. Hij is heel trots op je, dat je zo samen met Mechteld een oplossing hebt bedacht.'

Een deftige man blijft bij hen staan. Het is de heer van Bergh.

'Zijn dit uw kinderen, vrouwe?' vraagt hij beleefd aan moeder. Die schuift hen trots naar voren. 'Dit is Berend, en dit is onze Mechteld.'

De heer van Bergh maakt een buiging voor Mechteld en geeft haar een handkus.

'Je was buitengewoon dapper, jongedame!'

Dan geeft hij Berend een hand.

'Jongen, je plan was goed en gedurfd. Je zult later een groot ridder worden, dat weet ik zeker.' Hij wacht even en kijkt moeder aan.

Die knikt en de heer van Bergh neemt weer het woord.

'Daarom wil ik je vragen, of je mijn page wilt worden. Het zal me een eer zijn de jongen op te leiden die de vrede van Gelre heeft proberen te redden.'

Berend weet niet of het deftig is, maar hij merkt dat hij van oor tot oor grijnst.

'Ik zou heel graag bij zo'n groot ridder als u page worden,' zegt hij en hij maakt een onhandige buiging.

De heer van Bergh geeft hem een volwassen schouderklap. 'Mooi! Eerst kijken we, of de vrede alsnog getekend kan worden. Daarna gaan we afspraken maken.'

Pas de volgende dag horen ze iets over de vrede. Met de hele familie van Vorden en die van Arnhem zitten ze bij elkaar in de grote zaal van het stadshuis. De spanning is om te snijden. Stel je voor dat al die mooie feesten van deze week voor niets zijn geweest!

In de loop van de middag wordt er ineens hard op de deur gebonkt. Het is een boodschapper van het paleis.

'U wordt allen verwacht in de grote zaal van het paleis. Daar zal de vrede getekend worden.'

De boodschapper is alweer weg voordat ze iets kunnen vragen.

In één klap is de stilte doorbroken. Iedereen praat door elkaar en de dames zoeken hun hoeden en handschoenen. Vader en Wijnand zetten ook meteen hun hoed op.

Mechteld en Berend staan als eersten buiten. Van alle kanten komen de ridders en hun vrouwen aanlopen. Ineens is de feeststemming er weer, die de dag ervoor verdwenen was. De hoorns van de herauten schallen, de muzikanten marcheren over de Markt.

Maar één ding is anders. Gisteren keek er niemand naar Berend en Mechteld, maar vandaag lijkt iedereen hen te zien. Mensen stoten elkaar aan en wijzen op hen.

'Die hebben de vrede van Gelre gered,' hoor je overal.

Berend houdt Mechtelds hand vast, zoals een heer dat bij een dame doet. Hun ruggen worden vanzelf rechter, elke keer als er over hen gefluisterd wordt.

In de grote zaal van het paleis zit de hertog achter een tafel. Zijn arm zit in het verband. Als hij Berend en Mechteld ziet, wenkt hij hen. Verlegen lopen ze allebei naar voren. Als ze dichtbij de hertog zijn, zien ze hoe jong hij eigenlijk is. Hij kijkt vriendelijk.

'Daar zijn de jonge helden. Gelre mag jullie dankbaar

zijn, want jullie hebben de vrede gered. Je mag best weten, dat ik gisteren woedend was omdat een van de ridders van Gelre me op zo'n laffe manier aanviel. Ik voelde niets meer voor vrede. Maar toen dacht ik aan jullie. Ik hoorde van je vader, Berend, dat je hem had proberen te waarschuwen. Toen hij niet wilde luisteren, heb je zelf een plan bedacht. Dat betekent, dat jullie de vrede heel belangrijk vinden. En met jullie de meeste mensen van Gelre. Daarom moeten jullie je zin krijgen, en niet die ene gemene roofridder.

Ik ga dus de vrede tekenen met de voogdes Catharina. En jullie krijgen daarbij een ereplaats.'

De hertog wijst op twee lege stoelen helemaal vooraan. Daarachter zitten alle ridders van Gelre en hun dames. Zij juichen Berend en Mechteld allemaal toe, terwijl die gaan zitten.

De voogdes neemt haar plaats in naast Maximiliaan. Het wordt helemaal stil.

De hertog staat op. Hij heeft een deftig stuk perkament in zijn hand. Dat begint hij plechtig voor te lezen.

'Wij, Maximiliaan van Oostenrijk en Maria van Bourgondië, verzoenen ons met onze nicht, de voogdes Catharina. Zij belooft geen oorlog met ons meer te voeren. Wij vergeven haar, en zullen geen oorlog meer met haar voeren.'

Dan komt er nog een heel verhaal, maar dat hoort Berend niet meer. Hij weet nu in ieder geval zeker dat het vrede is. En... dat hij page mag worden bij Oswald van den Bergh!

Verantwoording

68 Berend van Hackfort heeft echt bestaan. Over zijn jeugd is bijna niks bekend. Van de volgende dingen uit dit boek weet ik dat ze echt gebeurd zijn.

De troepen van Maximiliaan hebben de Veluwe onveilig gemaakt in de zomer van 1481.

Maximiliaan is als hertog ingehuldigd in augustus 1481. Hij lag op een groen kleedje tijdens de plechtigheid. De feesten en het toernooi ter ere van de inhuldiging en de gesloten vrede hebben gedurende een week in augustus 1481 in Arnhem plaats gevonden.

Ook is Maximiliaan tijdens het toernooi gewond geraakt, maar ik weet niet door wie. In het echt is zijn tegenstander gestorven.

Ik weet niet, of Berend bij deze feesten aanwezig is geweest, maar het had heel goed gekund.

Als je meer wilt weten over Berend, kun je in Vorden bij de vvv starten met de Berendroute, een kinderfietsroute langs plaatsen die in Berends leven een rol gespeeld hebben. Er zijn verschillende opstappunten en onderweg kun je allemaal leuke dingen doen. Je maakt een sprong in de tijd: één dag weet je hoe een kind leefde in de Middeleeuwen.

Hieronder staat welke boeken ik heb gebruikt en wat ik erin gevonden heb.

– Hermann Vander Linden, *Itinéraires de Marie de Bourgogne et de Maximilien d'Autriche* 1477-1482. Brussel, 1934.

In dit boek staat de reisagenda van Maximiliaan van Oostenrijk en zijn vrouw Maria van Bourgondië. Daaruit blijkt dat Maximiliaan eerst een paar dagen in Nijmegen is en van daaruit op 7 augustus naar Arnhem vertrekt. Hij verblijft dan tot 19 augustus in Arnhem, terwijl zijn vrouw al die tijd in Brussel verblijft. Haar kind wordt in september dat jaar geboren.

– Herman Wiesflecker, *Kaiser Maximilian I. Das Reich Osterreich und Europa an der Wende zur Neuzeit.* München 5 dln. 1971-1986.

In deel 1 staat in één alinea vermeld dat Maximiliaan in augustus 1481 een week lang feesten organiseerde voor de hele Gelderse adel, ter ere van de vrede. Er waren 'damenfesten, maskeraden' en een toernooi. Bij dit toernooi raakte de hertog zelf gewond. Ook joeg de hertog volgens dit boek een van zijn tegenstanders de dood in.

– *Kronyk van Arnhem*, 1790

Hierin vond ik, dat Maximiliaan op een groen kleed lag tijdens de inhuldiging.

– I.A. Nijhoff (ed.), *Gedenkwaardigheden uit de geschiedenis van Gelderland door onuitgegevene oorkonden opgehelderd en bevestigd.* 6dln. Arnhem/'s Gravenhage 1830-1875.

In deel 5 staat een afschrift van een oorkonde van 15 augustus 1481. Hierin verzoenen Maximiliaan en zijn vrouw Maria zich met hun nicht Catharina. 'Onlangs is onze nicht overeengekomen om alle tweedracht neer te leggen.' De oorkonde is ondertekend te Arnhem door Maximiliaan en de zegels van alle betrokkenen hangen eraan.

– W. Jappe Alberts, *De Staten van Gelre en Zutphen.* (1459-1492) deel II. Groningen, 1956.

In dit boek staat, dat troepen van Maximiliaan in de zomer van 1481 de Veluwe plunderden, en dat daar in juli al klachten over waren.

In een stadsrekening van Arnhem van 7 augustus 1481 staat dat de heer van Oostenrijk 'een vat wijns $6^{1}/_{2}$ aam en vijf veerdel' krijgt voor 8 rijnse guldens. Ook krijgt hij 2 ossen ter waarde van 30 rijnse guldens en 2 ter waarde van 33 rijnse guldens. Ook is er geld betaald aan de koster van de grote kerk, omdat hij 'geluyt en gebeyert heeft'.

Ik bedank het Gelders Oudheidkundig Contact te Zutphen en het Gelders Documentatiecentrum te Arnhem hartelijk voor hun hulp. De heer J. Harenberg heeft mij geholpen met zijn kennis over Gelderse kastelen. Met de heer J. van Petersen, streekarchivaris van de Liemers en Doesburg, heb ik meerdere malen de reis van Vorden naar Arnhem besproken. Elvire Trijsburg wist alles over paarden en koetsen te vertellen. Ook hen bedank ik hartelijk voor hun hulp.

Martine Letterie

Wil je meer weten over Berend? Lees dan ook:

Een valk voor Berend

Berend en zijn zusje Mechteld wonen op kasteel Vorden. Hun vader is heer van Vorden en Hackfort, en hun grote broer Hendrik is dit jaar voor het eerst schildknaap. Om dat te vieren organiseert de heer van Hackfort een toernooi voor alle ridders uit de buurt.
De dag erna is er een jacht met valken.

Berend wil graag een eigen valk. Zijn vader vindt hem daar nog te klein voor.
Maar als de roofridders van de Wildenborch toeslaan, laat Berend zien dat kleine jongens ook heel groot kunnen zijn!

Martine Letterie en Rick de Haas maakten samen ook het boek:

Ridder in één slag

In platen en tekst wordt daarin het verhaal verteld van de tweelingbroers Focke en Eilco, de zonen van ridder Eppo van Nittersum. De jongens worden opgeleid tot ridder, en daar komt heel wat bij kijken!